クジラを連れて

大引幾子歌集

青磁社

クジラを連れて＊目次

I

II

Ⅳ

大引幾子歌集

クジラを連れて

I

エイプリルジャム

〈ふれあふ〉と書くときスカートたっぷりと裾ひるがえるような〈ふ〉の文字

少女らは輝く夢の尾を曳きて我に来るなりテニスコートを

ミツバチの8の字ダンス見ておればタンポポのようにくすぐったい耳

ジャズ喫茶〈エイプリルジャム〉ふかくいてジャズとはあまやかな光の砂塵

少女らの涙は天を流れゆき五月かぐわしき香にきらめけり

古き机に耳あてていつ海風に潮鳴るごときひそけさを聴く

薔薇かざる小さき窓よあるある朝《あした》黒海に向き開きていぬか

海蛇座碧空の裏に飼いいたり時に銀灰の鱗光らせ

もし我におみなごあらば火のごとき麦秋のなかを歩み来たれよ

黒き森揺らし吹く風いましがた我が髪を梳きてゆきし風かも

いちまいの葉書を埋めて卯の花のような筆跡、君に逢いたい

舫《もや》いあうポプラのみどりこんなふうに君を揺すってみたい日がある

いっぽんの若木を植えん寝息する君のあばらをそっと折り取り

白ワイン白露のごとく冷ゆるまで星よ梢に休んであれな

夕闇にしずかにもたれいる箒今朝スペインより魔女来しうわさ

二月のかもめ

十月は雨さえ透けて水曜の美術館にて君を待とうか

黄落の黄にわが眼射られつつこの地上にて靴ひも結ぶ

真っ先にバックミラーから夕暮れて一片の闇積みて走れり

聖書持ち少女がドアをノックする冬晴天の青の深さよ

汝が胸のしろき風景に投げたればきらめきて散る二月のかもめ

ふんわりと雪のごとくに降りて来るこの薄闇を払わずにいる

「雪の降る音を聞いた」と少年のノートの端にさゆらぐ一行

バス停にひとりの少女待ちおれば冬のひかりのかすかな満ち引き

メジロ来て青いツリガネニンジンの葉のように臆病な羽根ふるわせる

夕映えに近きマンション階下には冬の鳥捕る男も住める

霜鎖《さ》せる車にキーを差し込みて冬の夜明けの火をひとつ入れる

冬の雷《らい》落石のごと轟きて空に潰えし階《きだ》見ゆるなり

一本のザイルにビバークするようなせつなき夢より覚めて三月

優しき歌

ゆるやかに枯れ葉降り立つ水おもて光くずれるきわのピアニシモ

ほそい肩ふれあうたびに息ひそめ燃えたつほどにけぶる秋霖

腐刻画の森にきらめく風のごと汝が瞳の翳りもとどめおきたし

夜へ

便箋の静脈透けて舞い落ちる間も底知れぬ夜への投函

たえまなく夜へ満ちゆく花びらの白よいずこにわが睡りある

盛り上がる海黒々と目醒めいて今宵わが立つ沖はあらざり

なべてわが意識の外《ほか》へ降る雪のかなた夜への境あやうし

梅雨明けし日に波のあと掘りいたり旧き約束の何もあらねど

ふり仰ぎ想いを放つ刹那さえわれ地上にて雨にうたれいる

わが瞳には暗緑の旗ひらめけりいつか炎となる前に撃て

逆夢にくちびるかわけば睡蓮のかげをぬらして青き月光

追伸

風のうえを一茎の罌粟散るせつな海よ君への文を封ずる

さみどりの朝ひかりほどの鳥の声降れるこころをまとう追伸

風にはなつ便箋の襞見えていてどこまで昏む夏の日の崖

ゆめの翳に夕顔しんと燃えいでて死のきわまりとおもう八月

記述了えしカルテの余白にさわだてる風を聴きおり若き歯科医師

死語といううつくしき語彙まどろませ遠きインドの白の石壁

冬薔薇

2月15日12時30分　仙台（1985）

水面《みなも》遙かににじむがごとき広瀬川ついに異郷の石となるべく

12時45分　寒風のなかを

木枯らしに紛れ消えゆく汝が息のしろさ　たとえば（愛）のごとくに

16時45分　何度かこの道を歩いた

あたたかき木漏れ日落ちているような君の寡黙に手をつなぎ合う

17時30分　日没の広瀬川

汝が伏せし瞳のせせらぎを聴きており銀のひとすじ昏れのこるまで

18時　そろそろ駅へ向かわないと

ことばさえ吹きちぎられて君と佇つ冬薔薇ひらき初むと告げても

18時48分　上りやまびこ仙台発

のっぺりと重い（日常）へひた走る車窓に雫となる北の雪

22時45分　夜行〈銀河〉東京発大阪行き

星の夜を紛れゆかんか寒蛍我を許さぬ父の眠りに

苦い夢のあとで

断念とう言葉思えり地を満たすこのあかるさに目眩むばかり

首垂れて樹々のさざめき浴びておりわが罪かくもきらきらしきや

〈銀河〉とう海いろの夜汽車に夜を揺られ見知らぬ街を夢に迷いき

病み伏して風花きらめく夜の夢に渇きのごとく桜花群れ咲く

たそがれのそのうす蒼きドア押さばそのむこう崩れて無いかもしれぬ

しんかんと地表は杳し汝が胸に風霜きらめくほどの無残よ

沖はるか砂洲昏れのこると告げている汝が言葉ふいに潮の香となる

汝が手さえはるけきものをゆりかもめわが視野に飛ぶ欠落の白

ひそやかに星零《ふ》りつづける夢ののち真夜かなしみにゆあみしており

月射して砂のごとくに眠りつぐ日々の脳裡に汝が顔がある

尾根はずれ隘路をたどる七竈《ななかまど》おもい絶たるるごとき紅葉

夢の周辺

地に低くあゆむ涯なき真昼間をああ揚げ雲雀などというもの

目を病みてさまよいにけりあかるくて夢いちめんの青羊歯の原

縹渺と吹かれておれば風さえも我が身に遠く咲くはなの類

〈ゆふがほ〉とう仮名文字ほぐれゆく宵を何に憑かれて梳《けず》るわが髪

怱忙の一生《ひとよ》の間《かん》につきくさの藍のさゆらぎあるということ

しめやかに「予後」とうことば霧《き》らいつつ端座するわが父の筆跡

油蟬鳴き滴りてわが耳の奥処のみずに浮く石のこと

脾腹突くかなしみなるや樹々を洩るひかりのごときものに洗わる

君の瞳の曠野がらんところがれる土器《かわらけ》いろの夕陽のかけら

風のいろ変わる刹那を輝けるサイドミラーが捉えし紫陽花

グレゴリオ聖歌燦爛　醒め際を鏡のなかへ突き落とされて

II

黄落ののちも

落ち葉踏みあなたに会いにゆくのだと告げよう樹にも草の露にも

枝交わす欅の大樹黄落ののちも孤独を天に張るなり

いだきあう影像は立つ冬の朝とどめがたかる思いの果てに

墨の香のごとき薄闇まといつつ樹々は睡りへ葉を垂れてゆく

牡蠣すすぐ秋の塩水よどみなき静謐をもてすすぎゆくなり

筆端は風のかなたに流しつつ閑居の父へ数語したたむ

耳鼻科医院待合室に読まれいる『時空のさざなみ』そのかそけさよ

藍の雪降り来るような地下駅に何待ちいたる十九の日々は

薔薇の木

薔薇の木のかげに帽子を忘れ来しいとけなき日の君に逢うため

チェロの音のような吐息を潤ませてひまわりよりもわがままなひと

君は胸少し揺らしてそっぽ向くかたばみの実のはじけるように

脳葉の翳をわたれる藍の風汝が瞳の底の海満ちてくる

みごもりていたりき微熱持つ暁《あけ》にぼろぼろと歯が抜け落ちる夢

雫のごとき

髪染まるほどのみどりを浴びて泣けわが産み終えしばかりのいのち

脳葉に降りしきるひかり血まみれの児を抱き父たること滂沱たり

ポプラ葉を風梳きてゆく黎明に目醒むれば夢のごとく吾子いて

はつ夏のひかりの底に子を抱けば吾子は雫のごとき果実よ

地震は及べり

白きもの硬く鋭く母の手も傷つけるもの子の身に兆す

幼子のおゆび若菜にさしのべて一掬のひかりに触れんとするも

冬の虹風のもなかに刻まれて我が生れし日の遠き眩暈《めまい》よ

とりどりにおみなご睡る真昼間を咲き崩れんとする罌粟のはな

すれちがう一瞬のちをプレリュード砂金のごときジャズふりこぼす

ゆるゆると地震《ない》は及べりみどりごの睡りはつかに潤えるころ

ゆりかもめ

冬の陽の届きていたる卓上にふつふつと雪のごとき粥置く

今朝雪が来ていたと知るこの窓の模様ガラスのむこうの鳥影

ゆりかもめしろき水面の川音を淋しいなんてだれが言った

春の突風・午後のひかりは渦を巻きドミノ倒しのようなビル群

まはだかにしてかき抱くひとり子のパセリ畑に植えたい匂い

夜の鳥未明の風とすれちがい幼き夢をついばみに来る

銀の樹身

フルートの銀の樹身よわが息に鳴りいずるみずみずしき木の枝
いっぽんの明るき銀に抱かれて夜明けのみずのごとき音色よ

低音部すこし曇らせ吹くときの木管楽器はやわらかな風

そこにだけ光が落ちているようなガラス器を冷たき夢に見ており

八月の朝の陽に透けふるえいるイタリアンドレッシングの底の胡椒《ペッパー》

体育館をのぞくポプラ葉君の瞳の涙の揺らぎのように見ている

淡く濃き夢のさなかに香り満ち白羊宮に降り立つ船よ

雨の底、流れる雨をはじきつつ夜更け線路はみじろぐごとし

急行の通過ののちを冴えわたる鉄路に声というものありや

しばしばも線路を夢む溢れ出しおのれきわまりなき鉄の思惟

天の霜

鱚の身をほぐせばあるいは天の霜このやわらかな白を食《と》べよ

ずぶ濡れの男の子まるごと抱きとめるその肩のちいさな虹もろともに

三歳は二歳よりややせつなくてシロツメクサの白・雲の白

水槽を透かせば空を泳ぎいる金魚は春のひかりをはじく

老緑の楠にも鬱の日はありて風に花粉をすこしこぼせり

抱き上げて水飲ませいる噴水の向こうの空をおまえはまだ見ぬ

夕茜まぢかきころか地下鉄の座席につややかな木の実を拾う

アルバムの小学校の校庭の白き百葉箱とうひそけさ

安政の楠立ちておりて永く身に沈めて来たるいらだちもあれ

かぎりなき落花のなかを歩み来るあるいは焦燥の果ての風景

青空に水紋落とす白き花、木槿を渡る風を見ている

避雷針空と交信するごとく立てりひんやり雨気を帯びつつ

うたうように子らの名を呼ぶ母たちにいつまでも日は暮れ残るなり

銀杏の青き葉も実も悔しさもたたき続けるざんざ降りなり

子ぎつね

夜の雪漂いて子の手を引けばふと子ぎつねに化けてはいぬか

手袋を買いに出でたる子ぎつねの行方聞きつつ子は眠りたり

土深く育ち来ていま陽にまみる大笑いするでもなくてじゃがいも

女らのくらき日月《じつげつ》思いつつ大鍋に煮る冬の根菜

いにしえの王の墳墓は連なれり返り血のごとき夕映え浴びて

駅までの道まっすぐに駆け出せばわが頬に真近く冬は来ており

明晰なひかりのなかに君を置く告げえて届かざる言葉あるを

身構えて傷つくことをおそれつつ傷つかぬ人を憎み来しなり

ふっと崩れてしまうものある先見えぬ廊下をひとり歩みゆくとき

樺色のひまわり

若き死者従き来る気配炎天のまばゆきばかりの真昼の喪服

泣きくずれる少女、抱き支える少年、誰も誰もわが教えし子

樺色のひまわり立てり首垂れておのれ支えることのつらさを

万緑のしずかな声を浴びながら応えることば持たず歩めり

目を上げて立つほかはなき炎天に灼かれておりし喪服をたたむ

カウントダウン

授業半ばにやりと教室に現れるギプスの両腕ぶらんと下げて

図書室にグッピー飼えば日に一度グッピー見に来る生徒と知り合う

卒業までのカウントダウン始まれる教室に今日も怒鳴っておりぬ

この星の扁平率を求めゆく子らのひとりひとりの歪み

花束をほどいて一本ずつ渡す四十七回おめでとうを言いて

束ねたるカーネーションをほどくごと今日を最後に散りてゆきたり

食堂の裏にちいさな花水木きみら去りたるのちに気づけり

皮膚の下なにかがはじけているような若さ　五月の錐揉むひかり

Ⅲ

シロツメクサ

びょうびょうとわれの在り処も見失う風中おまえが鳴らす草笛

シロツメクサの原におまえが笑いいていつか見た夢のように振り向く

授業終え春の廊下を戻るとき身ごもれることふと思い出す

病室の窓打つ雨の音に似てほとほと胎をたたくこの児か

月光にまみれてその身をくねらせる銀の魚のごとし胎児は

遠雷のごと彼方より響き来ていまだ見ぬ児は我を揺らせり

病床のこの位置からは鉄塔をかすめる飛行船が真近し

母に髪梳かされているそんな日が夢のなかにもあったかどうか

二十代君枕辺に聖書置き夜々眠りたるその夜恋おしも

少女らに晩夏の光あまねくてふいと消ゆべしひとりふたりは

淋しさの端

空港に君を見送る　君の背にやがて迫れる巨大国家《アメリカ》の波

もぎとられゆくごと空にかき消えし一機の彼方の巨大大陸

本棚に捜す文庫本『草の花』遠く君恋う夜々読みいたり

幼子と二人の暮らしくすくすとチーズ蒸しパン蜜かけて食ぶ

みずいろに空は切り立ち〈痛み〉とう美しい風のような曲届けらる

「百キロも淋しかった」という吾子よ触れえざりその淋しさの端

〈時雨〉とう銘ある器置かれいてわれは時の間水の女よ

陥穽

産む前に身辺整えゆくことの、あるとき死への準備に似たり

神ならぬ身でありながらひと一人産み落とすなりしんにせつなし

落葉はげしき夜を迫り来る木枯らしに混じるは鬩の声にあらずや

睡蓮のこえ聞くようなさみしさの夜明けみどりごも息をこぼせり

霜月の空冴えわたりおみなごという甘やかな陥穽ひとつ

何にこころを奪われていた銀杏はやすずやかに黄の炎かかげて

冬の雷

冬の雷《らい》轟きやまぬ夜の更けをわれはこの子に乳飲ますのみ

目瞑れるみどりご抱けば真っ青な大空の淵見えわたるなり

くらぐらといかなる海を泳ぎ来しシーラカンスの鰭に似る足

冬あわき陽にくるまれて汝も持つ子を産みて血を流す器官よ

子とふたり漂流している夜の海思えり泣く子を腕に揺らして

ニューハンプシャー

しんしんと雪降り沈むボストンの夜の空港にわれら降り立つ

子をくるむ雪の模様のアフガンの白さも闇に侵されてゆく

マンチェスター・ダラム・ドーヴァーこの土地に故郷の名を与えし人らよ

父母へ出す手紙のおもてに朱書しつつJAPANとはそもいかなる異国

大いなるバッファロー角下げて来る気配に草生の向こうの線路

ボタンひとつ押せば欲情しそうなるマリアの陽気なまあるい乳房

伝えたきことあまたありきみがまだサンタクロースを信じてる間に

日向にて砂築く子に寄ればふいにわが大いなる影に隠れぬ

子に告げんとしつつ黙せりかもめ飛ぶ大西洋に続く水量

陽に透きて梢は雪をこぼしいつ遠いどこかで子がわれを呼ぶ

子と夫と三人さまよう夢なりきみどりごだけがどこにもおらぬ

音もなく風に揉まれて樹々は立つこのたましいの濃きざわめきよ

日本では朝　春浅き樹々の芽の露がひかりを含みゆくころ

〈クッキーが焼き上がるまで〉人生に遠き水照りのごとき時間よ

ブラジル人ジュリオが鳴らすギターの音ひねもす響けば淋し望郷

みどりごを抱きて完結する腕と思わずされど子は手になじむ

色鉛筆

エアメール海越えて来ぬ潮香るその透明な翼が見えて

色鉛筆削りて待てば透きとおる声の少女がひかりを運ぶ

いちまいの矩形の海よ溢れ出し画廊満たせよ月満ちてのち

なにものかしきりに子の名呼ぶゆえに天の瞳を探しやまざり

すでに世になくて歩める午後なれや死者の視線を思いみるなり

バッファロー思いみながら草に寝る貨物列車の単線見えて

daffodilの文字に「水仙」と書き添えて劉さん我にほほえむ早春

汝が国の旗は?と聞かれふっと足すくわれるような一瞬があり

顔ゆがめ喘ぐマラソンランナーよああ君もまた日の丸を負う

星空に棲む

初夏青き疎林を君と行くときに陽のひかり濃きまなざしとなる

海に棲みまた星空に棲むようなヒトデ・貝殻・硬質の砂

子どもらに教わりし語も数多ありpinecorn《まつかさ》, dandelion《たんぽぽ》, jetmark《ひこうきぐも》など

うすっぺらな体軀を風にはらませてつね寒そうなアジアの背中

ボストンから南へ飛んで三時間やがてフロリダ巨大なる舌

草の上にシャチのようなる腹見せて陽を浴びているボートと男

振り向きざま少年の黒き膚光り銃口のようなまなざしを投ぐ

言葉持つ以前にいつか見たように風は早瀬をなして渡れる

さみどりの風を集めてわれもまた風に透く樹となりて立ちたし

草原に風鳴りている夕暮れは君とともにがく隔たりていき

千年を石に刻まれ笑みている顔あり　神か猿かわからぬ

白き皿

ひんやりと西洋料理書繰りおれば鮭のグリエの載る白き皿

白木槿しろきまぶたを閉じる頃吾子も眠りへゆらりとかしぐ

夏空にメタリックの風はらんでた白き襁褓を夕べにたたむ

晩夏光世にあまねしと思うときふわりと風に飛ぶ夏帽子

いっぽんのザイル見ている束の間も晩夏の底へ降りゆく思い

淫らなるかたちの蘭花咲きたけて温室は無菌室のあかるさ

Ⅳ

つかのまの風

みどりごはつかのまの風さやさやと吾を発ちてゆく風の後姿《うしろで》

今朝〈秋〉はたしかにここに降り立ちて光と風を新しくせり

木犀は金の光を散らしおりはるか銀河に立つ風ありて

銀杏樹《いちょうじゅ》はしんと炎えたつ感情という過剰なるものを脱ぎ捨て

子の足を落葉はさらうほらそこに見えない海が黒くうねるよ

こくこくと喉を鳴らして水を飲む童女にみずの影草のかげ

*

父と呼ぶ冬の木立のごとき人を雑踏に見き　はるかな昭和

アフターダーク

わが脚にコアラのごとくすがりいし子を置きて来ぬ職持つ我は

午後五時にはじんじん張りて来る乳房生成りのセーターはすっぽり包む

母である過剰に疲れいし日々の蹠《あうら》ひりひり踏みゆける砂

夕映えももう届かない部屋のドア閉ずパソコンの灯を置き去りに

子を寝かし部屋に戻ればコンピュータ画面にしんと流星は飛ぶ

＊

うっとりと淡き憂鬱ひろげゆく桜とおもう　遠き歓声

時間割のコマ取り落とすこの時も生れつつあらん小鳥の恋は

いっしんにノート取りいし切れ長の目はもう青い風を見ている

窓の外の雲に気づいた底抜けに明るいめぐみが今日はいなくて

十六はにがい年齢あしたよりいまのわたしがいちばん大事

山羊に餌与えるように差し出せばシュレッダーは呑む成績の束

疲労感は遅れて至りぬ女生徒の一言にわれはぶちのめされて

今日も君のいない教室　制服にしみこんだ雨のにおいは満ちて

あめゆきと蓴菜の説明終えたのち空席の君に心は戻る

君という風溜まりいる水の面《も》に糸垂れている昨年《こぞ》また今年

新緑

黄昏の底よりしんと立ちのぼる新緑という爽《すず》しい時間

春淡く溶けゆくような日暮れには戻らない子がまだいるようで

レンズ雲いつか解かれて夕空に癒えかけた傷のようだ　すずしく

たんぽぽの綿毛を吹いていたんだと語尾の気弱な道草のわけ

三歳のおまえがわたしの一生のいちばん立派な勲章だった

洗い物しておれば子はキッチンの床にしゃがんでお絵描きをする
ピアノ即興曲かき鳴らす天の手のありて降り敷く五月のひかり

七月

ぺしゃんこのリュックを肩に手を振ればいま七月とすれ違ったか

きらきらと降りながら陽は射して来て自転車の銀の輪も七月へ

カーラジオは明日の夏日を告げており湾岸道路のアーチが見えて

虹の薄片

倉田千代子へ

汝が遺稿繰り返し読む車窓にて虹の薄片かかりておりぬ

「ぼろぼろになるまで生く」と安岡の引用ありぬ君の遺稿に

君と最後に逢いし梅田の喫茶店シフォンケーキのあわき弾力

答など見つかるものか息あててわれは何度も眼鏡をぬぐう

＊

みずかる特急信濃15号車窓に雨は真横に流る

誰彼の消息辿り遡りまた若き日の君に行き着く

汝が墓をめぐりて樹々は立ち樹々をめぐりてしんと八月の山

母上の漬けたるあんず美味かりき甘くしょっぱく紫蘇の香がして

まず湯を沸かす

一日の労働を終え帰途につくこれから無償の労働が始まる
チョークの粉たっぷり吸ったセーターを脱ぎ捨て鍋にまず湯を沸かす

半袖の隣にジャンパー吊るような暮らしなり明日も昨日も見えぬ

砂浜にあえかにしろく暮れのこる子の土踏まずとろとろ眠い

おもざしの濃き童女かな斑《はだら》なす秋陽をしんと頭《つむり》にかずき

声合わせ少女ら歌う　大夕焼け呑み込んだようなさみしさにいて

登山靴取り出せばまた思い出す銀の山巓霧巻く気配

LOVE LOVE LOVE

（死にたい）と（死ぬ）のはるかな隔たりをふいと跨いでしまいぬ君は

何に背を押されて一歩を踏み出した八階のこの風通う階《きだ》

袖を引く、背を押す見えないあまたの手振り払いつつ生きて来たのか

わがままに生きわがままに死んでった　風のようにもおまえを思う

こんなにも多くの友を泣かしめてかすか笑うがに死顔ゆがむ

ドリカムは君の葬儀の曲なればハンドル握る車中《ここ》も斎場

あの日から表情失くした少女らよ自分が生きてることが許せぬ

退学者欄にひっそり加えらる事故死も自死もただ一行に

セロリの香

進級できなかったあなたへ　二首

四月からは来ないあなたとつぶやけばセロリの香ほど鋭《と》く我を打つ

新学年名列票の校正をしつつあなたの名はここにない

完敗と惨敗の差を問われつつ春じめりする月を仰ぎぬ

道ばたの石にも卵を産み付ける夢なり暁の霜にうたれて

れんげ田の紫雲の向こう霞みつつうつむきかげんの少女期はあり

のぼりゆく桜前線伝えつつ女子アナウンサー風邪声である

子に持たす雑巾縫えばあかあかと母の手もとを照らしいし光

転校の手続き終えて帰る道いつになく子が手を握りくる

＊

遺失物係をさがす暮れ方のこころのような　人生なかば

ライオンの飼育係

「先生…」と寄り来る君のまっすぐな目に揺れている葉擦れのひかり

ライオンの飼育係になりたいという子よ素直過ぎるその髪

放課後に座れば硬き椅子である一日《ひとひ》と三年どちらが長い

夏休み間近の教室さざめきて君はつぶやく死にたいなんて

大丈夫《ドンマイ》と肩をたたけばかぼそくてまがなしく君は少年である

てのひらにうさぎを載せて見せくれし夏の日　あえかな汗のしずもり

草の茎

ゆるやかに君はふりむきいまわれは麦秋の香に立ちつくすのみ

十七の君の幼さ　草の茎嚙みつつわれは途方に暮れる

やわらかくじゅうぶん若くてくるしかりひっそりと胸の奥の水源

ただ君の指先ばかり見つめてた校庭の砂が乾きつつ飛ぶ

さっきから気がついている鍵盤に触れているのは九月の風だ

君が伏す机のまわり器楽譜と九月の午後の陽が散っている

図書室のちいさな森に迷うとき木漏れ日のような立原道造

両腕に出席簿かたく抱きながら渡り廊下はひかりの洪水

青春という語のにがさ校庭のポプラよお前も疲れていぬか

銀のペディキュア

bitch《あばずれ》って何?と問いたる女生徒の挑めるようなつよき眼差し

少女とは楽器であるか片脚を立てて銀色のペディキュアを塗る

首筋の小さなほくろがうっすらと汗帯びていた夏の少女よ

名を呼べばはつかにかしぐ　制服の胸に噴水育ている子は

うしろから笑顔で奇襲するきみの前髪すこしジグザグの今朝

声あげて呼びとめるとき君の胸にはつかひろがるさざなみが見える

ヨーグルトプリンほど柔《ヤワ》じゃないけれど十六歳の胸のくにゅくにゅ

天空のみずに眼を洗わせて今日きみはわれのしらない魚

君はもう雲間を航る帆船を見ている目をして　秋・五時間目

教室に射し入る光の先端で君はノートから燃えあがりそう

ふっくりと少女は笑うあざやかな蛾の触覚のような眉して

眉を抜き表情のない今日のきみ雨のしずくのようににおって

無防備な腿に花びら型のあざ見てしまう朝まだ夏の雲

しんしんと少女老いゆく繊《ほそ》き繊き銀色の音を身にめぐらせて

クジラを連れて

もう九月　クジラを連れて散歩する陽気な君に会えるだろうか

馬の眼のしずけさを言う少年は無造作にベースを肩から下ろす

ペンギンの散歩係のバイト終え君がギターの弦はじくころ

髪切って幼くなれる君のことしばし目に留め板書書きつぐ

樹海のように神経細胞伸びてゆく板書の海で僕らは溺れる

頑張りますと健気に言って頑張れぬ自分をおもう時があるはず

まだほんの子どものような薄い背よ騎馬戦の群れにたちまち紛る

草木のような少年ノートからふと目を上げてまばゆく黙す

窓際にまどろみおれば天を行く駱駝の列が見えてくるはず

草の穂のようにしなって苦しさを告げし君なり晩夏まぶしく

V

白い耳翼

転　勤

まっさらな白い耳翼にうがたれた幾つもの穴　痛ましく見る

激高ははるか火傷のごとくにも我を苛み深夜に及ぶ

潰されずに生きねばならぬ固く長き廊下に散れる桜はなびら

言い募る少女の口はほのかにもアクエリアスの甘き香ぞする

ギター負う少女の華奢な肩の線　かつて汚れしことなきごとし

浸食

教師という役を演じよいま罵倒されているのは〈わたし〉ではない
心底からの言葉はきっと届くものと信じるべきかこののちなおも

わたくしのどこかが浸食されていく感じにて一日ずつやりすごす

表情ひとつ変えずさらりと捨て台詞吐きし少女も退《や》めてゆきたり

世の中のすべてを敵にまわしてるようなお前にマブと呼ばれて

夕映えはわが胸満たす顔上げて歩くことさえ苦しい日にも

こんなにもぼろぼろ退めてゆくものか授業料納付期限の九月

なかんずく凶器のような目をしてたHが来なくなってひと月

きりきりと締め上げられた心臓がほぐれるまでの時間の長さ

菊折ればさくりはかなき歳月か霜月の香は土より生《あ》れて

きかん気の強さを身体にみなぎらす四歳男児名前は〈はやて〉

気を強く持て

夕光にしんと炎えたつ銀杏樹よ遠く銀河のはてに立つべし

地下よりの風に圧《お》されて階段を上る足もと　気を強く持て

アルバイトも続かず辞めて家にさえ居場所がなくて学校に来る

母親のようにお前の額《ぬか》に手をあてればいたく素直になりぬ

やめさせることが担任の手腕だと聞かされている生活指導会議

冬薔薇の一輪咲いて中庭はこんなおだやかな陽だまりである

いつしかに守りの態勢に移りゆくこの授業一時間を凌げ

先生は生徒の敵か味方かと聞かれておりぬ掃除しながら

馬酔木

無造作に折りたたまれて棺に入る背広はいまだ現実のもの

君はもう病むことをやめ横たわる遺影みごとな壮年の君

年少《わか》き同志の弔辞読むひとの無念の一語耳朶を打つなり

遺品なるフルートを抱き歩み行くひとり娘はおもてを上げて

壮絶な討ち死にであるか会議にて校長に詰め寄りし日の語気激しかり

馬酔木咲く鉢植えをわれに賜いし日病重きを知らず頼りき

時の陽だまり

この峠越えれば和泉　山並みのなかに校舎が白く浮き立つ

水田と竹林を過ぎ唐突に現れるなりバス停「灰掛」

墓石屋に石なめらかに研がれいて次のバスまであと一時間

夏雲は墓石の面《も》に宿りつつやがて峠の向こうへ去りぬ

嵌め絵のように山の斜面が広がって図書室は窓がすばらしい

百年もここに座っているような時の陽だまり考査受けいて

夏からの記憶が無いと軽く言うこの少女化粧する手を止めず

退学を決めたる顔のはればれと学校は君の何を縛りいし

人生を捨てるかもしれぬ大博打打ったるようなこの落暉かな

*

助手席に詳細地図を広げつつ行き戻る迷路のような町並み

もう一生光は射さぬというような密集住居に汝が家捜す

君の名を大声で呼ぶ携えて来たる退学届出用紙

ガラス戸の割れ目から入れる封筒の学校の名が不意に目を打つ

無援

誠実と書けばチョークは折れて飛びさざめく教室に無援のわれか

「間違ってたら指落とすぞ」と迫り来る生徒の生い立ちを遡行し始む

せめてせめて教室だけは荒らすまい放課後に床のガム剝がしつつ

通話料月に三六〇円淋しいときに子がかけてくる

夕飯を待たせておればトランプを床に散らして子は眠りおり

子とふたり冬の一日じゃれあえばかすか明るむわが幼年期

大根の薄黄緑がせり上がる土の湿りを覚えおけ子よ

まっくろの大きな牛が口開けてべうと響かす小屋のにおいを

彼方まで水面光らせ木曾・長良身を横たえて抱き合うなり

小春日和

病院へ急ぐ途上の事故現場君が残した血溜まりを見る

人為的に心肺動かされている君よいずこの夜をさまよう

おだやかな小春日和でありしとぞ帰り来て夜のニュースに知れり

指導経過報告書きつつ辿る日々　一度だけごめんと言ってくれた

死亡証明せかされているこの朝よ初七日を過ぎさらにぼろぼろ

＊

位牌なる墨文字の君に手を合わせケンタ、元気にしてるかと問う

お百度を踏む気で通った君の家エレベーターの壁の落書き

ポニーテール

バス代は携帯電話に消えしとう欠席続く生徒を訪えば

人柄の優しさ褒めて帰り際言い出す未納の学費のこと

ひと居らぬ職員室に流れいるE・クラプトンほのかなぬくみ

両耳に新しいピアスが揺れていて失恋したての涙を見せる

ひとしきり泣いて揺れいしポニーテールバイトがあるからと帰りゆくなり

竜胆は青いまま

秋空は水を湛えるごとく澄み刑務所隣の少年鑑別所

逮捕時は荒れいしという母の言潮引くごとき君の寡黙は

君はいつも模範解答訥々と十分きっかり面会終わる

本を読みもの考える君がなぜ罪犯したのか聞けずに終わる

差し入れのパックのコーヒーあらかたを残して君は戻りて行けり

病的な虚言癖あると知りいたり竜胆青きまま枯れゆきて

おそらくは少年院へ、淡々と告げる母真面目な人柄なるに

退学の手続きを終え去りゆける母に深々頭を下げつ

流しを磨く

噛み殺したことばがふっと口をつく夜更けて流しを磨く時の間

スーパーのお総菜買い帰る日々醤油にみりんこの頃減らず

停学となりし生徒の親からのクレーム言葉少なに受けて

頭髪は黒でなければならないか——生徒の列を選り分け進む

どうしても直して来ぬと言うユキの傷んだ金髪なでてやるなり

再入学生徒のユキは三度目の一年をまだ持ちこたえつつ

父母からのネグレクト姉の引きこもりユキよあなたはじゅうぶんつよい

金髪をいつかあなたは卒業するその日を一緒に待ってはだめか

母となるきみ

逡巡のはてに生みたる柳美里の苦渋をたどるきみの代わりに

選択の余地なく生むしかないという十七きみのこののちの生

腹の子の父であること否認されたったひとりで母となるきみ

メールにて「楽しみです」と返し来る手術予定日まであと五日

深刻に考えたことないようなきみのほんわりした目であるよ

泥まみれ

もういちど生き直せるならと話してる疲れたような十五の子らが

神経の穂先に触れて女生徒の眉の細さがわれに挑み来

樹のにおい胞子のように降ってくる朝わたしは泥まみれです

額紫陽花あおき繁みに漂える花のかたちの憂そして鬱

子とふたり雨の動物園に来て犀を見ている　土塊《つちくれ》のような犀

きょう君は輪郭あわく黙しいる泉の底の石のようだよ

流れつつ睦みあう蝶風に乗り風になびいて日は暗きかも

夢に来て胸をしめらす雨なれば立て膝で聴く　雨とは女人

綿の実はにぎやかに生《な》りりんりんと空行く雲に合図を送る

掌にひらく青いハンカチ樹々の間のちいさな泉の水掬うように

パソコンの壁紙をひかる青空に替えてわたしの秋がはじまる

あとがき

「しかし僕等は、日常の騒がしい雑音の中に、ふと自分たちの魂のかすかな息づかいを聴くのだ。」福永武彦『愛の試み』より

あくせくと慌ただしく過ぎてゆく日常にあって、ふと立ち止まり、（魂のかすかな息づかい）に耳を傾けることができたら。そしてそれをひとつの美に結晶させることができるならば、と思ってきました。

中学校の図書室で、ハイネやリルケ、立原道造や三好達治といった詩人たちの詩を読みふけり、研ぎ澄まされたことばで構築された世界の豊かさ、美しさに強

く惹きつけられました。耽溺、とはその世界に深入りし溺れることですが、こんな世界があることに、私は一方で救われる思いがしました。

大学の文芸部で詩を書いていた頃、塚本邦雄を初めとする前衛短歌に出会って衝撃を受け、永田和宏・河野裕子ら若手歌人たちの活躍に魅了されて、大学四年（一九八〇年）の春、塔短歌会に入会しました。

多くの先人が書き記しているとおり、短歌にはその時の思いがそのまま刻みこまれています。普通ならば忘れ去ってしまうはずの感情がことばというかたちを与えられて存在し続けている。過去の自分の歌を読み返したとき、いままで出会った多くの人たちと、時に激しく切り結んだ思いがそこに存在していて、出会えた人たちに敬意を捧げる意味でもこれらを残しておきたいと思ったのです。つらく、苦しい日々も経てはいますが、私にとっては貴重な出会いでした。

初期の作品は多くは捨ててしまいましたが、一部忘れがたい歌は残しました。二十代から四十代半ば頃までの作品のなかから四百首余りの歌をここに収めました。

この歌集をまとめるにあたり、草稿の段階から相談に乗っていただき、ご助言いただいた山下泉氏にふかく感謝しております。また、塔入会時より厳しくもあたたかくご指導いただいた永田和宏氏、また私を支え励まして下さった多くのみなさま、有難うございました。また、「玲瓏」の魚村晋太郎氏には栞文を賜りました。永田和宏氏、山下泉氏にも栞文を頂戴致しました。そして青磁社の永田淳氏には、細かなことまでご相談に乗っていただきました。心から感謝のことばを申し上げます。

二〇二三年七月

大引　幾子

塔21世紀叢書第432篇

歌集　クジラを連れて

初版発行日　二〇二三年九月十三日
著　者　大引幾子
堺市北区長曽根町一六三〇―八　加藤方（〒五九一―八〇二五）
定　価　二五〇〇円
発行者　永田　淳
発行所　青磁社
京都市北区上賀茂豊田町四〇―一（〒六〇三―八〇四五）
電話　〇七五―七〇五―二八三八
振替　〇〇九四〇―二―一二四二二四
https://seijisya.com
装　幀　濱崎実幸
印刷・製本　創栄図書印刷

ISBN978-4-86198-567-6 C0092 ¥2500E